AF315342

23 Avril 1895. P

Collection

CHARLES ANTIQ

DEUXIÈME VENTE

FAÏENCES ANCIENNES

OBJETS D'ART

CATALOGUE

DES

FAIENCES ANCIENNES

DES DIFFÉRENTES FABRIQUES FRANÇAISES ET ÉTRANGÈRES

Porcelaines, Grès, Étains, Cuivres, Fers, Armes, Émaux cloisonnés

PENDULES, GLACES, MARBRES

TABLEAUX, BRONZES D'ART ET D'AMEUBLEMENT

Superbe Coupe en bronze italien du commencement du XVIe siècle

MEUBLES, SIEGES, VITRINES

BELLES TAPISSERIES

FAISANT PARTIE

DE LA COLLECTION DE M. CHARLES ANTIQ

ET DONT LA VENTE AURA LIEU A PARIS

Par suite de son décès

HOTEL DROUOT, SALLE N° 2

Les Mardi 23, Mercredi 24 et Jeudi 25 Avril 1895

à deux heures

PAR LE MINISTÈRE DE

Me PAUL CHEVALLIER, commissaire-priseur

10, rue de la Grange-Batelière, 10

ASSISTÉ DE

M. CAILLOT, expert

17, rue Lafayette, 17

EXPOSITION PUBLIQUE

Le Lundi 22 Avril 1895, de 1 h. 1/2 à 5 h. 1/2

CONDITIONS DE LA VENTE

La vente sera faite expressément au comptant.

Les acquéreurs paieront *cinq pour cent* en sus des adjudications.

L'Exposition mettant le public à même de se rendre compte de l'état et de la nature des objets, il ne sera admis aucune réclamation une fois l'adjudication prononcée.

Paris. — Imp. de l'Art, E. Moreau et Cⁱᵉ, 41, rue de la Victoire.

ORDRE DES VACATIONS *

Le Mardi 23 Avril 1895

Faïences de Nevers, première époque. . . .	Nᵒˢ 1	à	14
Faïences de Nevers, à fond gros bleu de Perse.	15	à	23
Faïences de Nevers, décors variés.	24	à	48
Faïences de Rouen, bleu.	49	à	75
Faïences de Rouen, bleu et rouge.	76	à	90
Faïences de Sinceny	178	à	192
Faïences diverses.	193	à	232
Faïences de Delft.	233	à	244

Le Mercredi 24 Avril 1895

Faïences de Rouen, polychrome	Nᵒˢ 91	à	177
Terres vernissées françaises.	232 *bis*	à	232 *ter*
Faïences italiennes.	245	à	266 *ter*
Faïences hispano-moresques et espagnoles.	267	à	276
Faïences orientales.	277	à	291
Faïences allemandes	292	à	294
Grès.	295	à	305
Porcelaines diverses	306	à	318

Le Jeudi 25 Avril 1895

Tableaux.	Nᵒˢ 319	à	338
Ferronnerie, cuivres, bronzes et étains. . .	339	à	405
Objets divers et armes	406	à	441
Émaux cloisonnés	442	à	445
Marbres	446	à	449
Pendules, bronzes d'ameublement, meubles, sièges et glaces.	450	à	475
Tapisseries et étoffes.	476	à	483

    * N. B. — *L'ordre numérique ne sera pas suivi.*

N.º 348

DÉSIGNATION DES OBJETS

FAIENCES FRANÇAISES

NEVERS

PREMIÈRE ÉPOQUE

1 — Gourde de forme aplatie avec passants, décor polychrome composé de deux médaillons contenant des
personnages dans des paysages sur fond jaune.

Haut., 29 cent.

(*Vente Du Sartel.*)

2 — Plaque rectangulaire, décor polychrome composé
d'un sujet religieux ; au bas à droite, un blason. Au
revers, l'inscription : *Explicantibus.*

Haut., 32 cent.; larg., 24 cent.

3 — Gourde de forme aplatie avec passants, décor poly-

chrome de bouquets de fleurs, avec bandes horizontales composées de dessins noirs sur fond jaune.

Haut., 25 cent.

4 — Gourde de forme aplatie avec passants, décor polychrome de deux médaillons avec fleurs et oiseaux et
séparés par des décors à fond jaune.

Haut., 27 cent.

5 — Buste de madone, décor polychrome de frise à
enroulement en relief sur fond jaune. (Nevers?)

Haut., 26 cent.

6 — Petit livre chauffe-mains en décor polychrome.

7 — Assiette à large marli, décor polychrome en plein
composé de trois personnages dans un paysage.

Diam., 24 cent.

8 — Plaque ovale représentant un sujet religieux avec
personnages en relief, décor polychrome.

Haut., 40 cent.; larg., 28 cent.

9 — Plat ovale à bord dentelé, décor polychrome; au
marli, reliefs, et, au centre, un médaillon représentant
un personnage allégorique.

Long., 48 cent.; larg., 37 cent.

10 — Deux assiettes à large marli, décor bleu en plein
de personnages dans un paysage avec un blason dans
la partie supérieure.

Diam., 235 millim.

11 — Deux assiettes à large marli, décor bleu ; au centre, des personnages ; au marli, personnages, fleurs, oiseaux et chimères.

Diam., 24 cent.

12 — Deux assiettes à large marli, décor camaïeu bleu en plein, personnages et oiseaux dans des paysages.

Diam., 24 cent.

13 — Deux assiettes à décor camaïeu bleu en plein composé de personnages dans un paysage.

Diam., 225 millim.

14 — Assiette à large marli, décor camaïeu bleu ; au centre, un médaillon avec personnages ; au marli, même décor ; un blason se trouve dans la partie supérieure.

Diam., 24 cent.

NEVERS

DÉCOR A FOND GROS BLEU DE PERSE

15 — Potiche de forme octogonale avec son couvercle, décor en blanc fixe et deux tons de jaune sur fond gros bleu.

Haut., 25 cent.

16 — Cornet de forme cylindrique avec col évasé et bague en relief au milieu ; décor de fleurs en blanc fixe sur fond gros bleu.

Haut., 265 millim.

17 — Pot à eau, décor de fleurs en blanc fixe et deux tons
de jaune sur fond gros bleu.

Haut., 21 cent.

18 — Jardinière ovale avec deux anses torses; décor de
fleurs en blanc fixe sur fond gros bleu.

Long., 30 cent.

19 — Bénitier de forme contournée, décor de fleurs en
blanc fixe et jaune sur fond gros bleu.

Haut., 26 cent.

20 — Plat creux à bord renversé; décor de fleurs au centre et dans des compartiments rayonnants en blanc
fixe sur fond gros bleu.

Diam., 27 cent.

21 — Deux petits plateaux, décor de fleurs et oiseaux en
blanc fixe sur fond gros bleu.

Diam., 14 cent.

22 — Petit plateau, décor de fleurs et oiseaux en blanc
fixe et deux tons de jaune sur fond gros bleu.

Diam., 125 millim.

23 — Deux carreaux rectangulaires, décor de rinceaux en
blanc fixe sur fond gros bleu.

Dim., 180 millim × 105 millim.

NEVERS

DÉCORS VARIÉS

24 — Plat creux à large marli, décoré au centre d'une chasse; au marli, de fleurs et réserves avec paysages.

Diam., 30 cent.

25 — Assiette à bord contourné, décor polychrome en plein, représentant une partie de jeu de paume. Daté 1757.

Diam., 25 cent.

26 — Assiette à décor polychrome; au centre, deux oiseaux dans un motif rocaille; au marli, fleurs et rinceaux.

Diam., 24 cent.

27 — Assiette à décor polychrome en plein, composé d'un bouquet de fleurs et oiseaux.

Diam., 25 cent.

28 — Petit plat ovale à décor bleu et manganèse; au centre, grand bouquet et enroulement au marli.

Dim. 295 millim. × 230 millim.

29 — Deux assiettes à décor bleu et manganèse de style chinois.

Diam., 22 cent.

30 — Deux petits plateaux à décor bleu et manganèse de personnages dans des paysages.

31 — Deux bustes sur pied carré, décor polychrome.

Haut., 31 cent.

32 — Bouteille à panse sphérique et têtes de béliers en relief; décor polychrome de médaillons rocailles avec paysages.

Haut., 36 cent.

33 — Gourde à panse aplatie avec têtes de béliers, décor polychrome de médaillons avec fleurs.

Haut., 31 cent.

34 — Gourde de forme aplatie avec coulants, décor en plein, camaïeu bleu de fleurs et oiseaux.

Haut., 28 cent.

35 — Gourde à panse aplatie avec coulants, décor en plein camaïeu, bleu de personnages et blason.

Haut., 32 cent.

36 — Grande cuvette avec anses et bord dentelé, décor polychrome dit à l'arbre d'amour.
    Datée 1778.

Diam., 46 cent.

37 — Grand plat décor bleu ; au centre, un double écusson supporté par deux lions ; au marli, enroulement et lambrequins.

Diam., 52 cent.

38 — Bouteille sur piédouche à long col et passants avec rosace à jour, décor polychrome d'ornements et de quadrillés verts et jaunes.
    Datée 1758.

Haut., 37 cent.

39 — Deux poudrières de forme hexagonale, l'une à décor bleu avec armoirie, et l'autre de décor camaïeu vert.

40 — Vase en forme de dauphin, décor polychrome.

41 — Soulier, décor en bleu, avec un nœud en relief sur dessus couleur vert de cuivre.

42 — Gourde de pelerin, décor bleu et jaune avec un médaillon de saint Pierre.
Datée 1751.

43 — Saladier décor polychrome représentant le beau Narcisse se mirant dans l'eau.

44 — Saladier décor polychrome représentant sept médaillons contenant les portraits de la famille des Bourbon.

45 — Petit cornet de forme cylindrique, décor polychrome reproduisant les couleurs employées dans la fabrication de Nevers.

46 — Gourde à panse aplatie avec passants, décor de fleurs en vert de cuivre.
Haut., 24 cent.

47 — Flambeau de forme quadrangulaire, décor bleu.

48 — Gourde de pèlerin, décorée d'un médaillon représentant saint Pierre.
Datée 1742.

ROUEN

DÉCOR BLEU

49 — Plat octogone à décor bleu; au milieu se trouve un blason dans un grand médaillon qui est relié au bord par des ornements variés.

Diam., 35 cent.

50 — Plat oblong de forme contournée, décor bleu; au centre, corbeille fleurie; au marli et à la chute, fleurons quadrillés avec guirlandes de fleurs.

Long., 40 cent.

51 — Assiette à décor bleu; au centre, une armoirie supportée par des lévriers et surmontée d'une couronne de comte; au marli, petit lambrequin.

52 — Assiette à bord contourné, décor bleu; au centre, un double écusson supporté par un paon et un lion; au bord, petit galon.

53 — Très grand plat, Rouen bleu primitif; au milieu, occupant tout le fond, une scène de personnages chinois; au marli, ornements en enroulement.

Diam., 55 cent.

54 — Plat à bord contourné, décor bleu; au centre, une corbeille fleurie; au marli et à la chute, fleurons quadrillés et guirlandes.

Diam., 40 cent.

55 — Deux assiettes à décor bleu: au centre, un cygne
dans des roseaux; au marli et à la chute, corbeilles
fleuries et pendentifs.

56 — Compotier de forme octogonale avec piédouche:
au centre, un Chinois se trouve dans un médaillon
qui est relié au bord par un décor rayonnant.

57 — Assiette à décor bleu; au centre, une armoirie surmontée d'un chapeau de cardinal: au marli, petit
lambrequin.

58 — Assiette à bord contourné, décor bleu: au centre,
une corbeille de fleurs; au marli, guirlandes et fleurons quadrillés.

59 — Assiette à bord contourné, décor bleu: au centre,
un bouquet de roses; au marli, décor de style rocaille.

60 — Bannette avec anses, décor bleu: au centre, dans
un motif d'ornements de ferronnerie, masque et
cigogne: au bord, large lambrequin et guirlandes.

Long., 41 cent.

61 — Grand plat, décor bleu: au centre, une grande
étoile à six pointes: de grands lambrequins occupent
le pourtour.

Diam., 54 cent.

62 — Très grand plat à décor bleu: au centre, une rosace
entourée d'une grande couronne avec motifs de ferronnerie: lambrequin au marli et à la chute.
Au revers : D.A. 1708.

Diam., 60 cent.

63 — Potiche de forme ovoïde, décor bleu de grands lambrequins et arceaux dans le bas.

Haut., 40 cent.

64 — Potiche de forme ovoïde, décor bleu de lambrequins et draperies.

Haut., 32 cent.

65 — Sucrière de forme balustre avec couvercle dômé ajouré et se vissant; décor bleu de lambrequin et pendentifs.

Haut., 22 cent.

66 — Sucrière de forme cylindro-conique avec couvercle dômé ajouré et se vissant; décor bleu de lambrequin et compartiments.

Haut , 19 cent.

67 — Sucrière de forme cylindro-conique avec couvercle ajouré et monture en étain; décor bleu, pendentifs de fleurs.

Haut., 19 cent.

68 — Sucrière de forme cylindro-conique avec couvercle dômé ajouré et monture en étain; décor bleu de lambrequin.

Haut , 2.5 millim.

69 — Sucrière de forme balustre avec couvercle dômé ajouré et se vissant; décor bleu de rinceaux et d'arceaux.

Haut., 18 cent.

70 — Grand cornet de forme octogonale avec bague dans
le milieu; décor bleu de lambrequins et pendentifs.

71 — Paire de petits cornets à côtes; décor bleu.

72 — Baignoire d'enfant d'un riche décor d'ornements
en bleu.

Long., 86 cent.; larg., 47 cent.

73 — Très grand vase forme bain de pieds avec anses,
d'un décor bleu qui le recouvre entièrement.

Haut., 8 cent.; diam., 47 cent.

74 — Pot cylindrique avec pas de vis; décor très fin en
camaïeu bleu avec guirlandes et pendentifs.

75 — Deux petits lions assis sur terrasse; décor bleu.

ROUEN

DÉCOR BLEU ET ROUGE

76 — Plateau avec piédouche, décor bleu et rouille; au
centre, une étoile dans un médaillon relié au bord
par un décor de fleurons quadrillés entre lesquels se
trouvent des pendentifs avec glands.

Diam., 315 millim.

77 — Bannette avec anses, décor bleu et rouge; au milieu,
grand motif composé d'une corbeille de fleurs avec
cornes d'abondance; au bord, bande d'ornements.

Long., 40 cent.

78 — Plat rond à décor bleu et rouille; au fond, grande
étoile; au marli, lambrequins et fleurons.

Diam., 51 cent.

(*Vente Michel Pascal.*)

79 — Assiette à décor bleu et rouge; au centre, une corbeille fleurie; au marli et à la chute, fleurs et rinceaux.

80 — Sucrière en forme de balustre avec couvercle dômé
ajouré et se vissant; décor bleu et rouille de pendentifs; sur la panse se trouvent des bandes alternative-
ment en bleu et en rouille.

Haut., 22 cent.

81 — Sucrière en forme de balustre avec couvercle dômé
ajouré et se vissant; décor bleu et rouge de pendentifs
et fleurons.

Haut., 21 cent.

82 — Sucrière en forme de balustre avec couvercle dômé
ajouré et se vissant; décor bleu et rouge de pendentifs
et lambrequins.

Haut., 25 cent.

83 — Assiette à décor bleu et rouge avec de nombreux
personnages chinois dans un paysage.

84 — Plat à barbe, décor bleu et rouge de pendentifs
motifs de ferronnerie.

85 — Boîte à épices avec son couvercle surmonté d'un anneau ; décor bleu et rouille d'ornements variés.

86 — Petite théière ; décor bleu et rouille de pendentifs et guirlandes avec quadrillés.

87 — Petit vase à surprise avec anses. décor bleu et rouge ; à l'intérieur, dans le milieu, se trouve une tige percée ; au bord extérieur. deux petits goulots.

88 — Pot à eau. tout couvert d'un riche décor bleu et rouge vif. composé de draperies. rinceaux et corbeilles fleuries.

89 — Théière de forme sphérique ; décor en bleu et rouge vif de fleurs et quadrillés.

90 — Porte-huilier reposant sur trois petits pieds ; décor bleu et rouge d'ornements avec quadrillés.

ROUEN

DÉCOR POLYCHROME

91 — Grande fontaine avec son couvercle et son bassin : décor polychrome de guirlandes de fleurs. grenades. quadrillés et ornements variés.

Fontaine. Haut., 63 cent. Bassin. Larg., 58 cent.

92 — Potiche à double renflement et couvercle ; décor polychrome de style rocaille.

Haut.. 43 cent.

93 — Pichet couvert, décor polychrome de style rocaille. Inscription : *Pierre Marie Anne Daumenil, 1755.*

Haut., 29 cent.

94 — Bannette creuse avec anses, décor polychrome ; au fond, grosse chimère menaçant un papillon ; au marli, quadrillé vert et rouge.

Long , 36 cent.

95 — Bannette avec anses, décor polychrome ; au fond, oiseaux dans un grand motif rocaille ; au marli, quadrillés rouges avec fleurs dans des réserves.

Long., 38 cent.

96 — Bannette de forme contournée ; décor polychrome dit à la corne tronquée.

Long., 43 cent.

97 — Plat ovale de forme contournée, décor polychrome dit au carquois.

Long., 44 cent.

98 — Deux bannettes à anses, décor polychrome ; au centre, une scène chinoise ; au marli, quadrillés avec des crevettes dans des réserves.

Long., 38 cent.

99 — Plat oblong à bord contourné ; décor polychrome dit au léopard.

Long., 35 cent.

100 — Bannette de forme contournée ; décor polychrome à la corne.

Long., 38 cent.

101 — Petit plat creux, décor polychrome; au centre,
personnage chinois, un grand motif rocaille occupe
tout le tour.

Au revers : *Gabriel Montpellier*.

Long., 24 cent.

102 — Assiette à décor polychrome; au centre, une corbeille fleurie; au marli et à la chute, corbeilles de
fleurs et guirlandes avec fleurons.

103 — Assiette à décor polychrome; au centre, une corbeille fleurie; au marli et à la chute, fleurons quadrillés rouges avec guirlandes de fleurs et compartiments quadrillés noir sur fond jaune.

104 — Plateau piédouche; décor polychrome en plein de
personnages chinois dans un paysage.

105 — Deux petits compotiers octogones, décor polychrome; au centre, une corbeille fleurie; au bord,
fleurons quadrillés et guirlandes.

106 — Assiette à bord contourné, décor polychrome; au
centre, une corbeille de fleurs; au bord, fleurons quadrillés et guirlandes de fleurs.

107 — Petit compotier à bord dentelé, décor polychrome
dit au vase fleuri.

108 — Assiette à décor polychrome en plein de personnage chinois dans un paysage avec cours d'eau, pont
et oiseau.

109 — Ravier de forme contournée, décor polychrome
dit à la tulipe.

110 — Pichet, décor polychrome composé de deux
médaillons ; dans l'un saint Georges terrassant le
dragon ; dans l'autre, guirlandes de fleurs et ornements.
Inscription : *George Prévost, 1736.*

Haut., 26 cent.

111 — Pichet, décor polychrome de style rocaille avec
un médaillon représentant saint Nicolas.
Inscription : *Nicolas Morrant, 1772.*

Haut., 27 cent.

112 — Pot à eau couvert, décor polychrome à la corne.

Haut., 23 cent.

113 — Écuelle à oreilles plates découpées avec son couvercle et son dessous, décor polychrome dit à la
tulipe ; dans le fond, un médaillon avec une sainte.
Inscription : *Marie Le François, femme Hé-
douin, 1771.*

114 — Grand plat creux, décor polychrome ; au fond,
grand branchage fleuri avec oiseau chimérique ; au
marli, large quadrillé vert avec réserves contenant des
crevettes.

Diam., 45 cent.

115 — Plat rond, décor polychrome ; au milieu, fleurs et

branchages ; au bord, large bande quadrillée avec
réserves de fleurs ; dans la partie supérieure se trouve
un blason.

Diam., 32 cent.

116 — Assiette à bord contourné, décor polychrome ; au
centre, un cygne dans des roseaux ; au marli enroulements de fleurs.

117 — Assiette à bord contourné, décor polychrome en
plein de trois personnages chinois dont un se trouve
dans une barque.

118 — Assiette à bord contourné, décor polychrome en
plein composé d'un personnage chinois tenant un
parasol, fleurs et branchages fleuris.

119 — Deux petits compotiers à bord dentelé, décor
polychrome dit au carquois.

120 — Deux soucoupes, décor polychrome de style
rocaille.

121 — Petit plat à bord contourné, décor dit à la gar-
gouille.

122 — Petit plat à bord contourné, décor polychrome :
au centre, décor à la pagode ; au marli quadrillés et
réserves.

Diam., 30 cent.

123 — Petit plat à bord contourné, décor polychrome :
au centre, corbeille fleurie ; au marli, ornements avec
pointillés fleurs et quadrillés.

Diam., 30 cent.

124 — Bannette avec anses, décor polychrome en plein,
composé de personnages chinois dont un, à cheval,
tient un parasol.

Long., 38 cent.

125 — Petit plat oblong à bord contourné, décor polychrome; au centre, un médaillon avec fleurs; au
marli, ornements avec pointillés et quadrillés rouges.

Long., 29 cent.

126 Plat oblong à bord contourné, décor polychrome; au
fond, décor dit à la haie; au marli, décor de fleurons
et ornements.

Long., 5 cent.

127 — Pot à eau avec son couvercle, décor polychrome à
la double corne.

Haut., 23 cent.

128 — Pot à eau couvert, décor polychrome de fleurs
grenades et insectes.

Haut., 24 cent.

129 — Cartel porte-montre, décor polychrome de style
rocaille; sur le devant, une femme, accompagnée d'un
lion, se trouve placée sur une coquille.

Haut., 28 cent.

130 — Sucrier de forme cylindrique avec son couvercle
surmonté d'un bouton, décor polychrome de fleurs et
grenades.

Haut., 12 cent.

131 — Saucière à bord contourné avec anse imitant une branche, décor polychrome de fleurs.

132 — Petit pot avec deux anses, décor polychrome à la corne.

133 — Petite mule, décor polychrome de fleurs et talon en jaune.

134 — Petite salière, décor polychrome; au centre, un cygne dans des roseaux et au pourtour quadrillés verts.

135 — Sucrière de forme cylindro-conique avec couvercle dômé ajouré et se vissant, décor polychrome à la pagode.

Haut., 205 millim.

136 — Sucrière en forme de balustre avec couvercle dômé ajouré et se vissant, décor polychrome de fleurs et oiseau.

Haut., 22 cent.

137 — Sucrière de forme balustre avec couvercle dômé ajouré et se vissant, décor polychrome de fleurs avec bandes horizontales, fond bleu.

Haut., 21 cent.

138 — Sucrière de forme cylindro-conique avec couvercle dômé ajouré et se vissant, décor polychrome de bandes horizontales avec quadrillés verts.

Haut., 20 cent.

139 — Compotier carré à angles rentrants, décor polychrome sur fond bleu empois.

140 — Petit Bacchus assis sur un tonneau supporté par
quatre lions; le tout repose sur une base avec des
quadrillés verts.

Haut., 25 cent.

141 — Petit moutardier avec monture en étain, décor
polychrome avec grenades sur fond bleu.

(Vente Michel Pascal.)

142 — Pot à eau avec son couvercle et monture en étain,
décor polychrome de personnages chinois près d'une
balustrade ; au couvercle, ornements noirs sur fond
jaune.

Haut., 22 cent.

143 — Pot à eau avec son couvercle et monture en étain,
décor polychrome dit à la tulipe.

Haut., 24 cent.

144 — Pot à eau avec son couvercle, décor polychrome à
la corne.

Haut., 26 cent.

145 — Saucière avec deux anses, décor polychrome à la
corne.

146 — Pot pourri de forme sphérique avec son couvercle
percé de trous, décor polychrome de pendentifs et
quadrillés avec draperies.

147 — Porte-huilier de forme oblongue et contournée.
décor polychrome dit au sainfoin.

148 — Assiette à bord contourné, décor polychrome à la
corne ; au milieu, un blason surmonté d'une couronne.

149 — Assiette à bord contourné, décor polychrome ; au
fond, un oiseau sur une branche ; au marli, quadrillés
verts avec réserves de fleurs.

150 — Assiette de décor polychr   : au fond, une
balustrade et des fleurs ; au marli, quadrillés verts et
réserves de fleurs.

151 — Assiette à bord contourné, décor polychrome au
carquois.

152 — Assiette à bord contourné, décor polychrome à la
haie.

153 — Compotier octogone. décor polychrome de style
rocaille.

154 — Compotier octogone, décor polychrome ; au
centre, une corbeille fleurie ; au marli, corbeilles et
guirlandes de fleurs.

155 — Assiette à bord contourné. décor polychrome de
petites cornes d'abondance.

156 — Compotier quadrangulaire à angles rentrants.
décor polychrome à la corne.

157 — Deux compotiers à bord dentelé, décor polychrome
à la corne.

158 — Compotier à bord contourné, décor polychrome à
la corne.

159 — Compotier octogone, décor polychrome ; au
centre, des fleurs; au marli, quadrillés avec réserves
de fleurs.

160 — Assiette à bord contourné, décor polychrome à la
corne.

161 — Deux assiettes à bord contourné, décor polychrome
dit à la tulipe.

162 — Assiette à bord contourné, décor polychrome à la
corne tronquée.

163 — Assiette à bord contourné, décor polychrome à la
tulipe.

164 — Assiette à bord contourné, décor polychrome ; au
centre et autour des bouquets de fleurs.

165 — Légumier à oreilles plates avec son couvercle surmonté d'un serpent, décor polychrome au chinois.

166 — Bassin de fontaine, décor polychrome de style
rocaille.

Diam., 44 cent.

167 — Assiette à bord contourné, décor polychrome : au centre, une coquille ; au bord, des quadrillés verts.

168 — Assiette à bord contourné, décor polychrome de petites cornes d'abondance.

169 — Compotier à bord contourné, décor polychrome de grenades et fleurs.

170 — Petit compotier à bord contourné : au centre, bouquet de fleurs : au marli, petit galon jaune.

171 — Assiette à bord contourné, décor polychrome de fleurs.

172 — Assiette à bord contourné, décor polychrome au carquois.

173 — Tête d'enfant en ronde bosse, décor jaune et manganèse.

174 — Buste de Flore avec socle en ronde bosse, décor polychrome.

175 — Compotier octogone ; au centre, une armoirie en bleu : au marli, quadrillé vert avec réserves de fleurs.

176 — Console-applique avec tête et mascaron, décor polychrome : elle est montée sur bois noir.

177 — Boîte à épices en forme de trèfle, décor polychrome de fleurs.

SINCENY

178 — Plat oblong à bord contourné, décor polychrome de style rouennais ; au centre, corbeille de fleurs ; au marli et à la chute, quadrillés et guirlandes.
Marque S.

Long., 34 cent.

179 — Plat oblong à bord contourné, décor polychrome en plein de branchages fleuris et oiseau.
Marque S.

Long., 40 cent.

180 — Compotier à bord contourné, décor polychrome composé de trois personnages chinois avec branchages de fleurs et oiseaux au pourtour.

181 — Plat creux de forme quadrangulaire, décor polychrome en plein de personnages chinois, cours d'eau et oiseaux.
Marque S.

Diam., 30 cent. × 24 cent.

182 — Bannette de forme contournée, décor polychrome de grenades, chardons et branchages fleuris.

Long., 38 cent.

183 — Assiette à bord contourné, décor polychrome en plein, composé de deux personnages chinois dans un paysage.

184 — Plat à barbe, décor polychrome de style rocaille.

185 — Petit plat à bord contourné, décor polychrome de
style rocaille ; au milieu, deux oiseaux sur branchages et, au pourtour, trois médaillons avec paysages en
camaïeu bleu.

Long., 30 cent.

186 — Vase pot-pourri, forme sphérique, avec son couvercle, décor polychrome dit au sainfoin.
  Marque S.

187 — Sucrière en forme de balustre avec couvercle
dômé ajouré et se vissant, décor bleu et rouge de
lambrequins et pendentifs.

Haut., 23 cent.

188 — Pot à eau et son couvercle avec monture en étain.
décor polychrome de fleurs et oiseaux.

Haut., 27 cent.

189 — Assiette à bord contourné. décor polychrome : au
centre, corbeille fleurie ; au marli, quadrillés avec
réserves.

190 — Compotier quadrangulaire, décor polychrome de
fleurs et grenades.
  Marque S.

191 — Petit saladier à bord découpe. décor polychrome,
chardons. branchages fleuris et gros perroquets.

192 — Petit plat oblong à bord contourné, décor polychrome de branchages fleuris avec oiseaux.

FAIENCES FRANCAISES
DIVERSES

193 — **Moustiers**. Fontaine d'applique et son couvercle, décorée en bleu dans le style de Bérain ; sur chaque côté se trouve un mascaron et un troisième à l'endroit du robinet.

> Haut., 48 cent.

194 — **Moustiers**. Petit plateau de forme octogonale, décor bleu dans le style de Bérain.

195 — **Moustiers**. Deux petits plateaux de forme contournée, décor bleu dans le style de Bérain.

196 — **Moustiers**. Assiette à bord contourné et festonné, décor bleu dans le style de Bérain.

197 — **Moustiers**. Assiette à décor bleu ; au centre, un écusson ; au marli, galon avec ornements variés.

198 — **Varages**. Plat à barbe à bord contourné, décor polychrome ; au fond, des personnages dansant ; au marli, paysages dans des cartouches.

199 — **Saint-Omer**. Assiette à bord contourné, décor de fleurs et insectes en blanc et jaune sur fond gros-bleu.

200 — **Saint-Omer**. Assiette à bord contourné, décor de fleurs et insectes en blanc sur fond gros-bleu.

201 — **Saint-Omer.** Assiette à décor blanc sur fond gros-bleu; au fond, un bouquet de fleurs et, au marli, des quadrillés.

202 — **Sceaux.** — Assiette à bord contourné: au fond se trouvent des radis décorés au naturel et des fleurs.

203 — **Niderviller.** Assiette à bord contourné; décor polychrome d'un personnage chinois dans un paysage. Le vert domine.

204 — **Strasbourg.** Assiette à bord festonné, décor polychrome représentant un personnage chinois.

205 — **Strasbourg.** Assiette à bord ajouré, décor en camaïeu rose; au centre, un bouquet de fleurs.
Marque *Hannong*.

206 — **Marseille.** Assiette à bord contourné et filet vert tout autour; au centre, une armoirie rehaussée de dorure.
Marque *Veuve Perrin*.

207 — **Marseille.** Assiette à bord contourné, décor polychrome de fleurs.

208 — **Lille.** Assiette à décor bleu; au centre, un double écusson; au bord, petit lambrequin.

209 — **Clermont-Ferrand.** Assiette à bord contourné, décor en bleu; au centre, un double écusson; au marli, quadrillés et arabesques.

210 — **Strasbourg**. Deux petits pots à crème avec leur couvercles ; décor polychrome de fleurs.
Marque *Hannong*.

211 — **Niderviller**. Trois petites statuettes de personnages sur terrain ; deux en décor polychrome et l'autre en blanc.

212 — **Niderviller**. — Petit pot à anse, décor polychrome représentant deux personnages dans un paysage.

213 — **Niderviller**. Sucrière en forme de balustre, avec couvercle adhérent, modèle d'orfèvrerie, en blanc seulement.

214 — **Lille**. Sucrière en forme de balustre avec couvercle ajouré et se vissant ; décor polychrome de fleurs et insectes.

215 — **Montpellier**. Petit pot à anse et son couvercle ; décor polychrome de personnages en camaïeu jaune.

216 — **Paris**. Deux pots de pharmacie, décor polychrome, faïence de Digne.

217 — **Moustiers**. Écuelle à oreilles plates ajourées, décor polychrome de personnages chinois et oiseaux.
Au revers, la marque : *Ferrat à Moustiers*.

218 — **Faïence du Midi**. Tabatière avec monture en cuivre, décor polychrome de bouquets de fleurs.

219 — **Saint-Cloud**. Saladier, décor en camaïeu bleu ; au
centre, un grand médaillon de sainte Catherine : au
bord, un large lambrequin.

Vente Michel Pascal.

220 — **Saint-Cloud**. Saladier, décor en camaïeu bleu : au
centre, un atelier de bourrelier.
Date 1732.

221 — **Paris**. Saladier à bord renversé, décor polychrome :
au centre, un boucher abattant un bœuf.
Inscription : *Germain Heber*.

222 — **Saint-Jean-du-Désert**. Plat, décor bleu et manganèse à l'imitation de Nevers : au fond, sujet cham-
pêtre : au marli, médaillons avec personnages.

223 — **Clermont-Ferrand**. Grand plat octogonal, décor
bleu : au centre, un blason entouré de l'inscription :
Je renferme les espérances de plusieurs. 1714. Au
marli, lambrequin.

Diam., 51 cent.

224 — **Paris**. Assiette à décor polychrome ; au centre,
insignes de la marine avec inscription : *Jean-Louis
Blondel. 1731*.

225 — **Paris**. Assiette à décor bleu : dans un médaillon
l'inscription : *Henry Godar, marchand de vin à
Paris. 1734*.

5

226 — Saint-Cloud. Assiette à décor bleu ; au centre, un médaillon contenant une poule et ses poussins.
Inscription : *A la Poule blanche. 1726.* .

227 — Saint-Amand. Assiette à bord contourné, décor polychrome de fleurs et imbrications blanches.

228 — Aprey. Assiette à bord contourné, décor polychrome de fleurs.

229 — Aprey. — Assiette à bord contourné, décor polychrome de fleurs avec pointillés bleus au bord.

230 — Les Islettes. Deux plats à bord contourné, décor polychrome représentant des personnages dans des paysages.

231 — Bordeaux. Deux assiettes avec berger et bergère au centre, à décor polychrome.

232 — Moustiers. Petite sucrière en forme de balustre, décor bleu dans le style de Bérain avec armoirie sur une face.

Haut., 18 cent.

TERRES VERNISSÉES
FRANÇAISES

232 *bis* — Plaque rectangulaire en faïence vernissée jaune brun, encadrée d'une moulure ; elle est décorée en relief d'élégants rinceaux qui portent la salamandre couronnée de François Ier.

Haut., 43 cent.; larg., 28 cent.

232 *ter* — Six pièces : deux pots à surprise, buire, panier. plaque et tonnelet en terre vernissée de diverses provenances.

Ce lot sera divisé.

FAIENCES ÉTRANGÈRES

DELFT

233 — Plaque à bord contourné, décor en camaïeu bleu représentant un laboureur avec des bœufs dans un paysage.

234 — Plat rond à décor bleu en plein; au centre une femme dans un médaillon en réserve : aux bords huit réserves avec fleurs et pagodes.

235 — Petite mappemonde supportée par quatre colonnes torses, décor bleu de personnages sur chaque face.

236 — Petit pot à anses et poudrière de forme cylindrique, décor bleu.

Haut., 21 cent.

237 — Une tasse, un cornet coupé et un petit plateau sur trois pieds, le tout en décor polychrome.

238 — Pot à eau avec monture en argent, entièrement couvert d'un décor bleu très fin, composé d'ornements variés et de chimères.

239 — Une poudrière, décor polychrome rehaussé d'or et une poudrière de forme cylindrique, décor bleu.

240 — Petite bouteille sur pied et à long col, décor en bleu et manganèse de style chinois.

241 — Assiette à décor bleu et rouge ; au milieu un médaillon avec fleurs et oiseaux ; au bord lambrequin.

242 — Plaque carrée, décor polychrome avec fleurs et rocailles en relief au pourtour ; au milieu bouquet de fleurs.

243 — Deux dessus de brosse, décor bleu, avec deux personnages dans des médaillons.

244 — Dessus de brosse, décor bleu ; au centre, dans un médaillon, se trouve une paysanne tenant un panier au bras.

ITALIE

245 — **Pesaro.** Grand plat creux à large marli, décor polychrome : Soldat en marche tenant une hallebarde, costume du XVIe siècle ; le marli décoré d'imbrications et de rinceaux. Encadré.

Diam., 40 cent.

246 — **Venise.** Grand plat avec marli en relief, décor manganèse de rinceaux et coquilles ; au fond, personnages dans un paysage avec portique ; décor polychrome. Encadré.

Diam., 40 cent.

247 — **Faenza**. Cornet de forme cylindrique, décor polychrome ; sur une face grand blason, sur l'autre la
date 1505.

Haut., 24 cent.

248 — **Deruta**. Petit vase à deux anses sur piédouche,
décoré sur la panse de rinceaux et d'imbrications sur
le col ; trait bleu, remplissage jaune métallique.

Haut., 15 cent.

249 — **Chaffagiolo**. Deux cornets de forme cylindrique
décor polychrome ; femme sur une face, sur l'autre la
lettre B.

Haut., 21 cent.

250 — **Chaffagiolo**. Vase à surprise en forme de coupe à
trois anses et neuf goulots, décor bleu et vert ; au fond
une marguerite en relief.

Diam., 23 cent.

(Vente Ladurie.)

251 — **Chaffagiolo**. Deux cornets de forme cylindrique,
décor polychrome : un amour jouant du violon sur
l'un et sur l'autre un amour portant un fardeau ; sur
les faces opposées se trouvent les lettres $\frac{O}{B}$

Haut., 22 cent.

252 — **Castel-Durante**. Petit cornet cylindrique, décor
polychrome composé d'un petit médaillon sur fond
bleu entouré d'une couronne de feuillages ; des rinceaux et des trophées complètent l'ornementation.

Haut., 145 millim.

253 — **Chaffagiolo**. Cornet de pharmacie, décor polychrome : médaillon avec buste d'empereur romain
entouré de fleurons sur fond oranger, le tout enfermé
dans une épaisse couronne de feuillages ; inscription
sous le médaillon.

Haut., 22 cent.

254 — **Urbino**. Deux petits vases de pharmacie de forme
cylindrique avec deux gros bourrelets, décor polychrome : Roi assis tenant le sceptre et amour de
chaque côté.

Haut., 15 cent.

255 — **Urbino**. Grand bénitier ; la partie destinée à rece-
voir l'eau est à cinq pans, décorée d'un blason au
milieu avec ornements divers ; la plaque est décorée
d'une sainte en prière, le tout décor polychrome.

Haut., 47 cent.; larg., 24 cent.

256 — **Savone**. Vase à large ouverture lobée sur piédouche avec deux anses, décoré en bleu d'un saint
personnage et d'amours.

Haut., 15 cent.

257 — **Castel-Durante**. Plaque en relief représentant la
Vierge, l'Enfant Jésus et saint Jean. Décor polychrome. Datée 1567.

Haut., 26 cent.; larg., 20 cent.

258 — **Pesaro**. Petit plat à fond creux, buste de femme
au milieu, le marli orné de rinceaux et imbrications :
décor polychrome.

Diam., 26 cent.

259 — **Chaffagiolo**. Grand plat à décor d'entrelacs en bleu
sur le bord ; le milieu est occupé par un grand blason
avec l'inscription : *Libertas* en jaune sur fond bleu.

Diam., 42 cent.

260 — **Faenza**. Petit plat à large marli, décor polychrome ; au fond, rosaces en feuillages encadrée par
une autre ; trait bleu, remplissage vert, jaune, bleu
foncé et jaune ocre avec rehaut de blanc.

Diam., 225 millim.

261 — **Castel-Durante**. Très petit plat creux à large marli,
décor polychrome ; au fond, marguerite jaune au
marli, entrelacs en zigzags.

Diam., 17 cent.

262 — **Faenza**. Petit plat creux à large marli, décor bleu ;
au fond, fleurs et oiseau ; le marli est orné de rinceaux
en enroulements.

Diam , 235 millim.

263 — **Chaffagiolo**. Petit plat creux à large marli, décor
polychrome ; au fond médaillon avec l'inscription :
DIANA · B · ; le marli est orné d'une large bande
jaune avec dessins noirs.

Diam., 24 cent.

264 — **La Frata**. Petite coupe, décor polychrome ; blason
au fond ; le bord est composé d'ornements sur fond
quadrillé séparés par huit bandes rayonnantes.

Diam., 22 cent.

205 — **La Frata**. Flacon quadrangulaire, décor jaune clair sur jaune foncé de saints personnages sur deux faces, des flacons sur les deux autres.

Haut., 21 cent.

206 — **Chaffagiolo**. Petite coupe, décor polychrome: deux personnages, dont un joue du tambour, garnissent le fond.

Diam., 20 cent.

266 *bis* — **Faenza**. Assemblage de six carreaux, décor polychrome d'ornements variés.

Dimensions de chaque carreau: 155 millim. sur 155 millim.

266 *ter* — **Faenza**. Deux carreaux à ornements polychromes d'arabesques et chimères, l'un fond jaune, l'autre fond bleu.

HISPANO-MORESQUES
ET ESPAGNOLES

267 — **Hispano-Moresque**. Cornet de forme cylindrique, décor bleu et jaune métallique sur fond blanc.

Haut., 18 cent.

268 — **Hispano-Moresque**. Vase sur piédouche à long col et deux anses, décor jaune métallique sur fond blanc.

Haut., 28 cent.

269 — **Hispano-Moresque**. Saucière à deux anses sur piédouche, décor jaune métallique sur fond blanc.

270 — **Hispano-Moresque**. Trois plats, décor jaune métallique sur fond blanc.
(Ce lot sera divisé.)

271 — **Hispano-Moresque**. Trois petits plats, décor jaune métallique sur fond blanc.

272 — **Hispano-Moresque**. Six petites coupes à oreilles plates, décor jaune métallique sur fond blanc.
(Ce lot sera divisé.)

273 — **Tolède**. Deux petits plats, l'un à décor jaune et bleu sur fond blanc, l'autre vert et jaune sur fond blanc.

Diam., 30 cent.

274 — Trois plaques formées : deux de deux carreaux et une de quatre carreaux, décor bleu et jaune métallique sur fond blanc.
(Ce lot pourra être divisé.)

275 — Deux plaques formées : une de deux carreaux et l'autre de quatre carreaux, décor bleu, jaune, vert et manganèse sur fond blanc.

276 — Trois plaques : une ronde et deux carrées, décorées d'armoiries polychromes en relief sur fond blanc.

ORIENT

277 — **Perse**. Petite plaque de revêtement rectangulaire avec inscription arabe bleue en relief sur des ornements en jaune métallique sur fond blanc.

278 — **Perse**. Deux frises encadrées formées chacune de trois carreaux décorés de caractères arabes en blanc sur fond gros bleu.

> Haut., 23 cent.; larg , 65 cent.

279 à 288 — **Perse**. Environ trente carreaux de décors variés.

289 — **Rhodes**. Trois plats, décors polychromes variés.

290 — **Asie-Mineure**. Aspersoir, décor polychrome de branches fleuries sur fond blanc.

291 — **Asie-Mineure**. Bol avec ombilic très saillant, décor polychrome de palmettes sur fond blanc.

ALLEMAGNE

292 — **Nuremberg**. Plaque de poêle en hauteur, décor polychrome en relief de personnages sous un portique.

> Haut., 31 cent.; larg., 10 cent.

293 — **Bayreuth**. Plaque de poêle en forme d'écusson rocaille, décor bleu de personnages.

> Haut., 41 cent.; larg., 31 cent.

294 — **Bayreuth**. Petite cruche décorée en polychrome d'une corbeille fleurie et branchages ; couvercle en étain. Marque : B.K. 1736.

Haut., 17 cent.

GRÈS

295 — **Raeren**. Cruche en grès gris émaillée bleu et manganèse, un mascaron sous le déversoir.

Haut., 22 cent.

296 — **Siegburg**. Canette en grès blanc, couvercle et monture en argent ; elle est décorée en relief au pourtour des armoiries de Charles-Quint. Datée 1574.

Haut., 25 cent.

297 — **Siegburg**. Cruche en grès blanc ; sur la panse, décor en relief de danseurs sous des arcades ; au col, petits mascarons et rinceaux. Datée 1597.

298 — **Siegburg**. Petit pot à anse et panse sphérique, grès blanc, couvercle et pied en étain.

Haut., 16 cent.

299 — **Raeren**. Cruche cylindro-sphéroïdale, grès gris émaillé en bleu. Fin xvie siècle.

Haut., 27 cent.

300 — **Raeren**. Cruche plus petite mais de même forme que la précédente, grès gris émaillé en bleu, couvercle étain.

Haut., 21 cent.

3o1 — Petite cruche en grès jaune, à la panse en relief :
ronde de danseurs sous des arcades ; couvercle en
étain.

Haut., 19 cent.

3o2 — **Raeren**. Deux petites chopes cylindriques en grès
gris, dont l'une est émaillée en bleu et manganèse et
l'autre en bleu seulement.

Hauteurs, 120 millim. et 105 millim.

3o3 — **Raeren**. Chope couverte en étain, grès gris émaillé
en bleu et manganèse.

Haut., 16 cent.

3o4 — Petite bouteille de forme sphérique en grès jaune,
couvercle en étain. Datée 1595.

Haut., 15 cent.

3o5 — Petit pot à anse, panse cylindrique déprimée avec
couvercle étain, en grès jaune ; au pourtour, sous
des arcatures, bustes d'électeurs au-dessus de leurs
blasons.

Haut., 14 cent.

PORCELAINES DIVERSES

3o6 — **Saint-Cloud**. Sucrier à poudre de forme cylindro-
conique avec couvercle en dôme, décor fleurs de pêcher blanc en relief ; la monture est en argent. Porcelaine pâte tendre.

Haut., 21 cent.

307 — **Saint-Cloud.** Tasse à café forme cul de poule et
sa soucoupe, décor bleu avec godrons. Marque :
S.C.T. Porcelaine pâte tendre.

308 — **Saint-Cloud.** Tasse sans anse et sa soucoupe, décor bleu, avec godrons. Marque au soleil. Porcelaine
pâte tendre.

309 — **Saint-Cloud.** Salière ronde, décor bleu, avec godrons. Marque au Soleil. Porcelaine pâte tendre.

310 — **Saint-Cloud.** Petite cafetière, décor bleu, avec
godrons. Marque S · C · T · . Porcelaine pâte tendre.

311 — **Saint-Cloud.** Coquetier, décor bleu, avec godrons.
Marque S · C · T · . Porcelaine pâte tendre.

312 — **Chantilly et Vienne.** Trois soucoupes : deux en
Chantilly, décor bleu, et une en Vienne polychrome :
Amour dans les nuages.

313 — **Sèvres.** Tasse cylindrique à anses et sa soucoupe,
porcelaine tendre, décor polychrome. Époque révo-
lutionnaire.

314 — **Chine.** Deux brûle-parfums sans couvercle en
blanc de Chine : magots accroupis tenant un vase
entre les jambes.

315 — **Chine.** Petit vase en forme de vasque, vert céla-
don ; couvercle et pied en bois de fer.

316 — **Chine**. Théière couverte, décor polychrome de
personnages et fleurs.

317 — **Chine**. Grande bouteille à long col, à décor bleu
de lambrequins, fleurs et oiseaux.

Haut., 39 cent.

318 — **Allemagne**. Petite corbeille ovale, ajourée et à
anses, décorée d'un bouquet de fleurs.

TABLEAUX
ANCIENS ET MODERNES

319 — Porte-enseigne en costume du xvi⁰ siècle, peinture
sur panneau.

Haut., 41 cent.; larg., 26 cent.

320 — Peinture à l'huile de l'École italienne sur panneau
rectangulaire surmonté d'un fronton aigu, représentant la Vierge assise et l'Enfant Jésus accompagnés
de saints personnages.

Haut. totale, 54 cent.; larg., 24 cent.

321 — Deux volets d'un diptyque représentant deux
femmes en riches costumes du xv⁰ siècle, vues à
mi-corps; peinture sur bois attribuée à Mabuse.

Haut., 40 cent.; larg., 30 cent.

322 — Petit portrait ovale de femme en buste, avec coiffure et costume Louis XV; peinture à l'huile sur panneau. Cadre en bois sculpté de l'Époque Louis XIV.

Haut., 52 cent.; larg., 25 cent.

3a3 — Grand panneau en largeur dans une moulure bois
doré : Page en costume du XVe siècle étendu à terre.

Haut., 55 cent.; larg., 1 m. 68 cent.

324 — Dessus de porte; peinture sur toile représentant
un bas-relief en bronze, décor au naturel; il est signé
en bas, à droite : *J. B. OVDRY 1730.*

Haut., 50 cent.; larg., 1 m. 08 cent.

325 — **Jules Breton.** Petit tableau en largeur, peint à
l'huile sur panneau, représentant une procession dans
les champs; il est signé en bas, à droite : *J. Breton.*

Haut., 17 cent.; larg., 47 cent.

326 — Gravure en couleur : *La Comparaison*, de
Lawreince, par Janinet, 1786.

327 — **Mazerolle.** Tableau sur toile. Une femme, coiffée
d'un papillon, tient dans sa main droite une buire et
une pipe, et dans la main gauche un plateau chargé
d'objets divers. Il est signé en haut, à gauche.

Haut., 75 cent.; larg., 50 cent.

328 — **Harpignies.** Sur des rochers, paysan endormi
taquiné par trois enfants. Peinture à l'huile sur toile,
signée en bas, à gauche. *Harpignies 1858.*

Haut., 67 cent.; larg., 48 cent.

329 — **J.-L. Hamon.** Deux tableaux peints à l'huile en
grisaille sur panneaux, représentant : le premier, une

femme arrosant des fleurs ; le deuxième, une femme
donnant à manger à des papillons ; ils sont signés.

> Le 1er : Haut., 78 cent.; larg., 66 cent.
> Le 2e : Haut., 78 cent., larg., 55 cent.

330 — **Harpignies**. — Petit panneau en largeur : Vue
prise à Madagascar en 1859. Signé.

> Haut., 15 cent., larg., 67 cent.

331 — **Harpignies**. Petit panneau en largeur : peinture à
l'huile représentant une rivière bordée d'une forêt :
sur cette rivière, des canotiers en barques. Signé :
J. Harpignies 1859.

> Haut., 15 cent., larg., 55 cent.

332 — **Nazon**. Deux petits tableaux représentant : le premier, un intérieur de ferme ; le deuxième, un paysage.
Signés.

> Le 1er : Haut., 27 cent.; larg., 35 cent.
> Le 2e : Haut., 32 cent.; larg., 40 cent.

333 — **Mazerolle**. Deux petites toiles en largeur : sur la
première, grand branchage fleuri et papillon sur fond
bleu ; la deuxième, une cigogne sur un mascaron,
animaux chimériques et ornements. Signées : la première, *J. Mazerolle*, et la deuxième, *J. Mazerolle-
Marlotte 1859*.

> Haut., 24 cent.; larg., 50 cent.

334 — **Brion**. — Huit tableaux en hauteur, peintures sur
toile représentant des allégories.

> Haut., 75 cent.; larg., 50 cent.

335 — **Palizzi**. Cerf et biches dans un champ ; peinture
sur toile. Signé : *Palizzi 5 7bre 1862.*

336 — **Hamon**. Deux petits panneaux en largeur ; l'un est
signé.

Haut., 24 cent.; larg., 50 cent.

337 — Intérieur de forge : peinture sur toile.

Larg., 1 m. 02 cent.; haut., 61 cent.

338 — Médaillon ovale : portrait d'homme, costume
Louis XV ; peinture sur toile. Cadre en bois sculpté.

Haut., 54 cent.; larg., 46 cent.

FERRONNERIE
CUIVRES, BRONZES, ÉTAINS

339 — Deux bras-appliques porte-lumière en fer forgé ;
rinceaux ornés de feuillages découpés se terminant
en volutes. Époque Louis XIV.

340 — Verrou en fer repercé à jour dans le style ogival :
il est orné d'un bouton formé d'une tête d'homme.

341 — Petit coffret en bois, garniture fer repoussé de
tiges de feuillages et de glands.

342 — Grand trépied en fer forgé, support de brasero ;
les trois extrémités qui recevaient le brasero se termi-
naient par de curieuses têtes d'animaux fantastiques.
xve siècle.

343 — Trépied de lavabo en fer forgé.

344 — Stylet de dame pouvant servir de poinçon, en fer ciselé; le milieu de la poignée, formé par deux balustres, est occupé par un vase à trois anses détachées; il est muni de son étui en fer se vissant à la poignée.
Très joli travail de ciselure du XVIe siècle.

345 — Râpe à tabac en étain gravé. Époque Louis XV.

346 — Petit vilebrequin en fer ciselé et gravé. Louis XVI.

347 — Petit sécateur lame acier avec traces de dorure, manche en ivoire.

348 — BRONZE. Belle coupe de forme circulaire avec anses formées par des serpents; elle est portée par trois petites figurines assises qui ont été ajoutées pour l'exhausser; le pourtour est composé de différents motifs à figures, chimères, etc., au milieu desquels sont des armoiries; de chaque côté sont les chiffres · G · P · et R.
Superbe bronze italien du commencement du XVIe siècle.
Haut., 14 cent.; diam., 26 cent.

349 — BRONZE. Vase ovoïde à anse surélevée et goulot formé par une tête chimérique. Travail italien du XVIe siècle.
Haut., 27 cent.

350 — BRONZE. Petite statuette de Mercure. Travail italien.

351 — BRONZE. Statuette de femme sortant du bain; la main droite retient une draperie pendant que de la gauche elle s'essuie le sein.

Haut., 35 cent.

352 — BRONZE. Croix gréco-russe, ciselée et émaillée. Le Christ en croix est accompagné de la face de sainte Véronique et d'anges; au-dessus et sur les côtés, des figures de la Sainte Vierge, saintes femmes et soldat armé d'une lance.

Haut., 23 cent.; larg., 15 cent.

353 — BRONZE. Petit bas-relief à cire perdue représentant la sainte Famille. Travail italien du XVIIe siècle.

Haut., 175 millim.; larg., 135 millim.

354 — BRONZE. Petite statuette d'homme vêtu à l'antique.

Haut., 13 cent.

355 — BRONZE. Sonnette de style roman offrant les emblèmes des Évangélistes.

356-357 — BRONZE. Quatre marmites sur trois pieds, métal de cloche.

358 — BRONZE. Deux vases forme balustre, anses à tête chimériques avec anneaux. Travail japonais ancien.

359 — BRONZE. Bouteille à col allongé, sur piédouche. Travail japonais ancien.

360 — BRONZE. Petit brûle-parfums à panse sphérique avec oreilles plates se relevant; le couvercle est orné de trois petites chèvres couchées; socle en bois de fer. Travail japonais.

361 — CUIVRE. Deux bassins à une anse en cuivre jaune. Travail vénitien.

362 — CUIVRE. Petit brasero en cuivre rouge repoussé et repercé, composé de trois pièces sur trois pieds à griffes. Travail italien.

363 — CUIVRE. Sceau en cuivre rouge repoussé à panse sphérique godronnée.

364-365 — CUIVRE. Quatre pièces : trois bassins et un bol en cuivre gravé. Travail arabe.

366 — CUIVRE. Boule chauffe-mains en cuivre gravé et damasquiné argent. Travail vénitien du XVIᵉ siècle.

367 — CUIVRE. Petit brasero en cuivre rouge repoussé et repercé. Travail italien.

368 — CUIVRE. Petite bassinoire en cuivre rouge repoussé et repercé.

369 — CUIVRE. Grand vase avec deux anneaux, cuivre rouge gravé.

370 — CUIVRE. Étouffoir en cuivre rouge repoussé, couvercle à charnière orné de gros godrons.

371 à 373 — Cuivre. Quatre bassins ronds et ovales en cuivre rouge repoussé.

374 — Cuivre. Hotte de vendangeur en cuivre rouge repoussé.

375 — Cuivre. Deux petits seaux à anses dont un couvert, cuivre rouge repoussé.

376 à 378 — Étain. Six écuelles couvertes dont cinq à oreilles plates et une à anses verticales.

379 — Étain. Grand pot à anse dit pot de baptême avec bassin.

380 à 384 — Étain. Dix pièces : canettes, buires, hanap et vide-poches.

385 — Bronze. Trois petits mortiers.

386 — Cuivre. Grand et beau lustre hollandais à vingt-quatre lumières en trois rangées de huit lumières chaque.

Haut., 1 m. 35 cent.; grand diamètre, 1 m. 20 cent.

387 — Cuivre. Petit lustre juif à quatre lumières et fleurons en cuivre rouge.

388 — Cuivre. Petit lustre à huit lumières et fleurons en cuivre jaune.

389 — Cuivre. Lustre flamand à huit lumières ; les bras se terminent par des coquilles ; à la partie supérieure se trouve un ange.

390 — Cuivre. Deux lampes à quatre lumières en cuivre jaune.

391 — Cuivre. Plat creux en cuivre jaune repoussé et gravé représentant saint Christophe.

392 — Cuivre. Grande bouilloire en cuivre rouge repoussé.

393 — Cuivre. Grand samovar en cuivre rouge.

394 — Cuivre. Deux bassins ovales en cuivre rouge dont un repoussé.

395 — Cuivre. Seau en cuivre gravé. Travail oriental.

396 — Fer. Grand trépied en fer forgé.

397 — Fer. Grand trépied en fer doré.

398 — Cuivre. Grand vase de forme sphérique à deux anses en cuivre rouge.

399 — Cuivre. Lustre à six lumières en cuivre jaune; aigle aux ailes déployées à la partie supérieure.

400 — Cuivre. Cage en cuivre jaune repoussé.

401 — Bronze. Verrou en trois parties en bronze ciselé et doré de l'époque Louis XVI.

402 — Cuivre. Lampe d'église en cuivre jaune repercé.

403 — CUIVRE. Petite lampe d'église en cuivre jaune
repercé.

404 — Trois pièces : coupe à deux anses en bronze japonais, petit vase cylindrique en cuivre persan avec
niellés argent et petit socle sur trois pieds en bronze
doré.

405 — ÉTAIN. Sept pièces : grand plat ovale, quatre
assiettes, un plat à barbe et un plateau à deux anses.

OBJETS DIVERS, ARMES

406 — Petite horloge en bois d'ébène à mouvement hori-
zontal renfermé dans une cage de fine ébénisterie ; le
cadran est en argent émaillé. Époque Louis XIII.

407 — Très petite horloge en cuivre doré ayant la forme
d'un édifice carré ; au-dessous du cadran, l'aigle à
deux têtes. Fin du XVIᵉ siècle.

408 — Étui plat en cuir gaufré ; il est orné de lions grim-
pants dans des rinceaux de feuillages ; sur le couvercle, inscription en italien avec la date 1633.

409 — Étui de forme cylindrique, en cuir gaufré ; il est décoré de rinceaux et d'animaux ; le couvercle manque.

410 — Poire à poudre incomplète, en forme de coquille,
cuir gaufré du XVIᵉ siècle.

411 — Petite plaque ronde en émail de Limoges représentant un génie ailé, le pied droit sur une boule et la main gauche appuyée sur une corne à feuillages ; il est accompagné de deux autres petites figures dont l'une soutient un médaillon d'empereur romain. Émail polychrome sur fond rouge. XVIᵉ siècle.

412 — Boîte à mouches ayant la forme d'une petite écuelle, en argent gravé ; le couvercle est en écaille piquée d'argent ; le dessous, en ivoire, se démonte et laisse voir une glace.
Jolie petite pièce de l'époque Louis XV.

413 — Tabatière en écaille avec incrustations d'or et d'argent ; attributs de chasse et d'amour ; elle est montée en or. Époque Louis XVI.

414 — Grand étui à aiguilles et flacon à vinaigre en vernis Martin rouge sur or. Époque Louis XVI.

415 — Vidrecome couvert en argent repoussé et doré, à bossettes hémisphériques, décoré de rinceaux et tiges fleuries ; le balustre du pied est accosté de trois ailerons et le couvercle surmonté d'un petit vase en relief. Fin du XVIᵉ siècle.

416 — Médaillon ovale entouré de strass ; il est suspendu à un nœud de ruban ; ce médaillon contient une miniature de femme en costume du XVIIIᵉ siècle.

417 — Miniature de femme en costume de l'époque Henri III, peinte à l'huile sur argent, dans un cadre italien en bois doré.

418 — Miniature sur ivoire : femme de l'époque Louis XVI, représentée enveloppée d'une draperie qui laisse voir les seins ; coiffure poudrée avec rose dans les cheveux.

419 — Miniature sur ivoire : femme en costume de la fin du xviii° siècle, avec cocarde tricolore dans la coiffure.

420 — Groupe en bois sculpté représentant la Vierge écrasant la tête du serpent sous son pied droit ; l'Enfant Jésus est debout sur le globe terrestre qui est soutenu par deux petits anges. Beau travail du xvii° siècle.

421 — Petite vierge tenant l'Enfant Jésus sur son bras gauche. Bois sculpté flamand du xvii° siècle.

422 — Petit cadre Louis XIV, bois doré. Travail italien.

423 — Amorçoir poire à poudre en bois de poirier décoré d'incrustations en ivoire gravé ; sur une face, saint Georges terrassant le dragon ; sur l'autre, des ornements ; la garniture est en cuivre gravé et doré. xvi° siècle.

424 — Petit amorçoir en cuir, monture cuivre.

425 — Pommeau d'épée en fer ciselé, décoré de figurines et de mascarons.
   Pièce très fine du xvi° siècle.

426 — Pommeau d'épée en fer ciselé, formé par une tête coiffée d'une calotte.

427 — Fusil marocain, monture en bois noir incrustée d'ivoire blanc et rouge, garniture en cuivre et clous d'argent.

428 — Fusil monténégrin dont la monture, entièrement en fer, se compose de beaux ornements repoussés et repercés à jour.

429 — Petite arbalète à main en bois de poirier : le guidon, la gâchette, etc., sont en fer.

430 — Paire de pistolets de fabrication italienne.

431 — Fer de drapeau gravé, portant l'aigle à deux têtes et armorié dont partie aux armes de Médicis.

432 — Pertuisane. Le fer de pique porte deux ailerons en forme de demi-croissant montant vers la pointe du fer ; sa lame est plate.

433 — Roncone. Arme à dard allongé, à oreillons courbes se terminant par des pointes acérées en forme de bec de perroquet. XVe siècle.

434 — Bourguignote en fer gravé : la crête ou cimier est décoré d'arabesques chimériques. Oreillons refaits. Milieu du XVIe siècle.

435 — Morion, crête à torsades, clous en cuivre.

436 — Petite hallebarde en fer gravé et doré.

437 — Médaillon rond en terre cuite, par Nini.
Leray de Chaumont, intendant des Invalides. 1771.

438 — Éventail de l'époque Louis XVI, monture en
ivoire repercé avec dorure.

439 — Bonbonnière ronde en écaille avec incrustations
d'or et nacre. Boîtier de montre en peau de serpent,
monture cuivre.

440 — Épée style de la Renaissance.

441 — Sucrière forme balustre avec couvercle se vissant,
cristal taillé.

ÉMAUX CLOISONNÉS

442 — Petit vase en forme de balustre aplati, orné de
deux petites anses composées avec le chien de Fô, en
émail cloisonné ancien ; toute la surface du vase est
entièrement couverte par une ornementation composée de rinceaux, feuillages et fleurs. Inscription chinoise sous le pied indiquant que cette jolie pièce a été
fabriquée sous la dynastie des Ming. XVe siècle.

Haut., 20 cent.

443 — Petite bouteille à col allongé, en émail cloisonné

N 446

ancien, décorée, sur fond bleu turquoise. du dragon
impérial en jaune avec rehaut de rouge et de bleu
lapis. Inscription chinoise sous le pied. XVIe siècle.

Haut., 18 cent.

444 — Gourde de forme lenticulaire à goulot cylindrique
accompagné de deux anses en émail cloisonné ancien.
décorée de branchages de pêcher et grenadier sur
fond bleu turquoise ; cette pièce est posée sur un socle
en bois de Chine.

Hauteur totale, 30 cent.

445 — Soucoupe en émail cloisonné. décorée de deux
lions avec banderoles rouges sur fond bleu turquoise.

Diam., 135 millim.

MARBRES

445 — Bas-relief. Petit retable. Sous une arcade en plein
cintre surmontée d'un fronton. la Vierge vue à mi-
corps. la tête tournée à droite. tient l'Enfant Jésus
assis sur son bras gauche ; dans le fond étoile et têtes
de chérubins dans les nuages. Le fronton. les angles et
les deux pilastres sont ornées de fines sculptures ; sur
la base soutenue par un pendentif. cul-de-lampe portant l'inscription : *Vera Virgo et Mater Dei.*
Sculpture en marbre blanc de la fin du XVe siècle
attribuée à *Desiderio da Settignano.*

Haut., 65 cent.; larg., 50 cent.

447 — Petit haut-relief en marbre blanc. Figure de la Vierge en pied tenant l'Enfant Jésus qui se penche pour voir l'*agnus Dei*. Sculpture de la fin du xve siècle. École florentine.

Haut., 32 cent.; larg., 20 cent.

448 — Petit bas-relief rectangulaire en marbre blanc représentant la Vierge tenant l'Enfant Jésus debout sur le globe terrestre. École milanaise.

Haut., 22 cent.; larg., 16 cent.

449 — Deux colonnes en marbre noir à bases et plateaux quadrangulaires. Travail moderne.

MEUBLES

SIÈGES, GLACES, PENDULES

ET

BRONZES D'AMEUBLEMENT

450 — Meuble à deux corps de style Renaissance en noyer très finement sculpté, orné de plaquettes de marbre noir: la partie supérieure, à deux vantaux formés de panneaux anciens du xvie siècle représentant les Saisons, est surmontée d'un fronton avec petite niche au centre; la partie inférieure plus large est aussi à deux vantaux avec panneaux sculptés.

Hauteur totale, 2 m. 30 cent.; larg., 1 m. 35 cent.

451 — Meuble-cabinet en marqueterie de bois des îles,
de fabrication hollandaise, reposant sur une table à
huit pieds tors; dans l'intérieur nombreux tiroirs.

Haut., 1 m. 60 cent.; larg., 1 m. 15 cent.

452 — Grande table rectangulaire en bois de noyer à
quatre colonnes cylindriques. entretoises à colon-
nettes reliées par des arcatures; elle est à rallonges.
Travail italien du xvie siècle.

Long., 1 m. 38 cent.; larg., 75 cent.

453 — Petite table tricoteuse à trois pieds avec plateau
octogone acajou. Époque Louis XVI.

454 — Tabouret de style Louis XIV en bois sculpté; les
pieds sont reliés par un X: il est recouvert en tapisserie au point.

455 — Deux fauteuils, bois sculpté. époque Louis XIV.
dossiers et sieges cannés: les pieds sont reliés par
un X.

456 — Deux fauteuils, bois sculpté, époque Louis XIV,
les pieds reliés par un X: ils sont couverts en tapisserie point de Hongrie.

457 — Tabouret, bois sculpté, époque Louis XIV. recouvert de velours rouge.

458 — Deux chaises à pieds tors reliés par un X, recou-
vertes en cuir de Cordoue.

459 — Encoignure-étagère pouvant s'accrocher, formant dans le bas une petite armoire à deux portes ; vernis Martin. Époque Louis XV.

460 — Belle chaise longue à huit pieds en bois finement sculptés de l'époque de la Régence, recouverte en velours vert : un coussin en velours vert l'accompagne.

461 — Grand fauteuil en bois finement sculpté de l'époque de la Régence ; il est recouvert comme la chaise longue.

462 — Fauteuil en bois sculpté avec dorure, époque Louis XV ; il est recouvert de velours vert.

463 — Table de nuit cylindrique sur trois pieds avec tablette d'entrejambes ; tiroir et galerie en cuivre ; ce meuble est en marqueterie de bois.

464 — Glace Louis XV, bois doré.

Haut., 1 m. 85 cent., larg., 55 cent.

465 — Petit miroir rectangulaire Louis XIV avec encadrement d'incrustations de cuivre sur écaille.

466 — Paire de grands et beaux chenets en bronze doré, représentant l'un Apollon, l'autre une figure de femme ; ils sont assis sur des socles très mouvementés.
Belles pièces de l'époque de la Régence.

Haut., 38 cent.; larg., 45 cent.

467 — Paire de petits bras-appliques à une lumière en bronze doré de l'époque Louis XIV.

468 — Chaise Henri II recouverte de cuir avec clous en cuivre.

469 — Grande pendule d'applique avec son socle, marqueterie de Boulle et ornements de bronze. Époque Louis XIV.

470 — Grande pendule d'applique avec son socle, vernis Martin et ornements en bronze. Époque Louis XV.

471 — Pendule du Consulat, marbre et bronze doré.

472 — Pendule à cage en bronze ciselé et doré. Style Louis XVI.

473 — Paire de petits flambeaux en bronze ciselé et doré. Style Louis XVI.

474-475 — Deux vitrines à deux corps et quatre vantaux en bois de noyer ciré. Travail moderne.

Haut. 2 m. 20 cent. larg. 1 m. 45 cent.

TAPISSERIES, ÉTOFFES

476 — Grande tapisserie représentant Neptune : armé de son trident il descend de son char environné de néréides et se dirige vers des ouvriers dont l'un est occupé à raboter le bord d'une chaloupe, tandis

qu'un autre, qui a mis un genou à terre devant le dieu, lui indique les compagnons qui travaillent à la construction d'un grand navire placé à gauche. Belle tapisserie de Bruxelles.

Haut., 2 m. 80 cent.; larg., 5 m. 80 cent.

477 — Tapisserie de Bruxelles du xvıᵉ siècle représentant le siège d'une ville; composée de nombreux personnages. Très jolie et large bordure à sujets mythologiques, feuillages et fruits.

Haut., 4 mètres; larg., 3 mètres.

478 — Tapisserie de la même suite que la précédente; elle représente un camp. Même bordure que le numéro 477.

Haut., 4 mètres; larg., 3 m. 50 cent.

479 — Deux morceaux de bordure simulant de grosses colonnes torses enguirlandées de fleurs. Tapisserie de Bruxelles.

Haut., 3 mètres; larg., 65 cent.

480 — Morceau de bordure: fleurs et ornements. Tapisserie de Beauvais.

Larg., 2 m. 10 cent.; haut., 40 cent.

481 — Petit tapis d'Orient sur fond bleu, rouge et jaune.

Long., 1 m. 40 cent.; larg., 85 cent.

482 — Couvre-lit en soie vert olive à reflets rouges, très délicatement brodé au plumetis de riches bouquets de fleurs reliés par des guirlandes.

483 — Robe persane en soie à palmettes or, rouge et vert sur fond blanc; doublée de soie blanche.